BONNE NUIT  HIBOU

BONNE NUIT HIBOU

PAT HUTCHINS

ALBUMS
circonflexe

Traduction de l'anglais par Alice Seelow

Titre original : *Good-Night, Owl!*
Text and Illustrations Copyright © Pat Hutchins 1972
Published by arrangement with Simon and Schuster
Books for Young Readers
An imprint of Simon & Schuster Children's Publishing Division
1230 Avenue of the Americas, New York, NY 10020

© 2014, Circonflexe pour l'édition en langue française
ISBN : 978-2-87833-709-9
Imprimé en Asie
Dépôt légal : juin 2014
Loi n° 49-956 du 16 juillet 1949
sur les publications destinées à la jeunesse

POUR LE GRAND-PAPA DE MORGAN

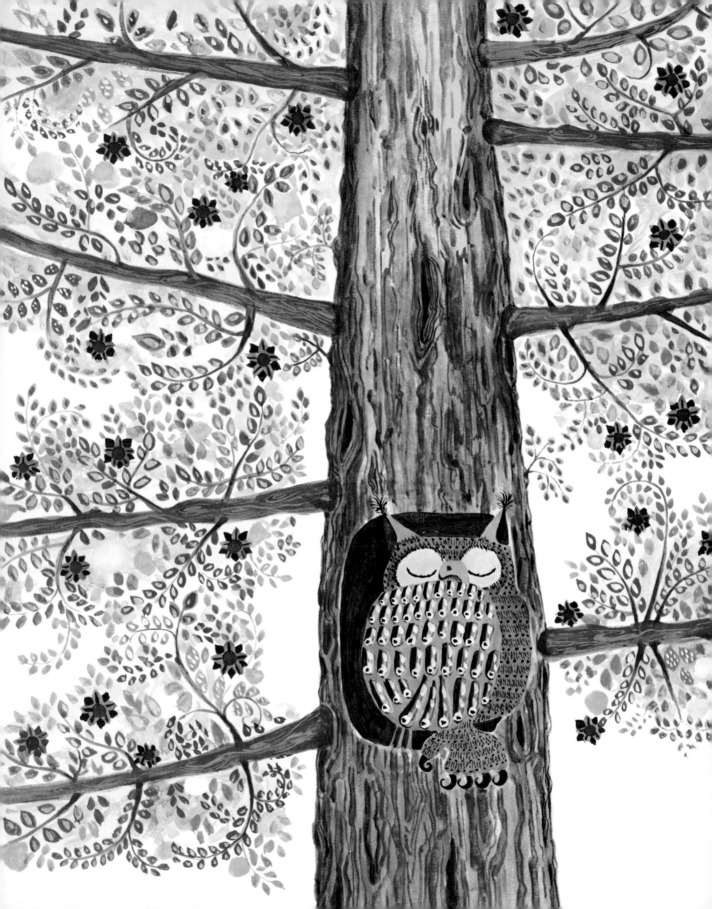

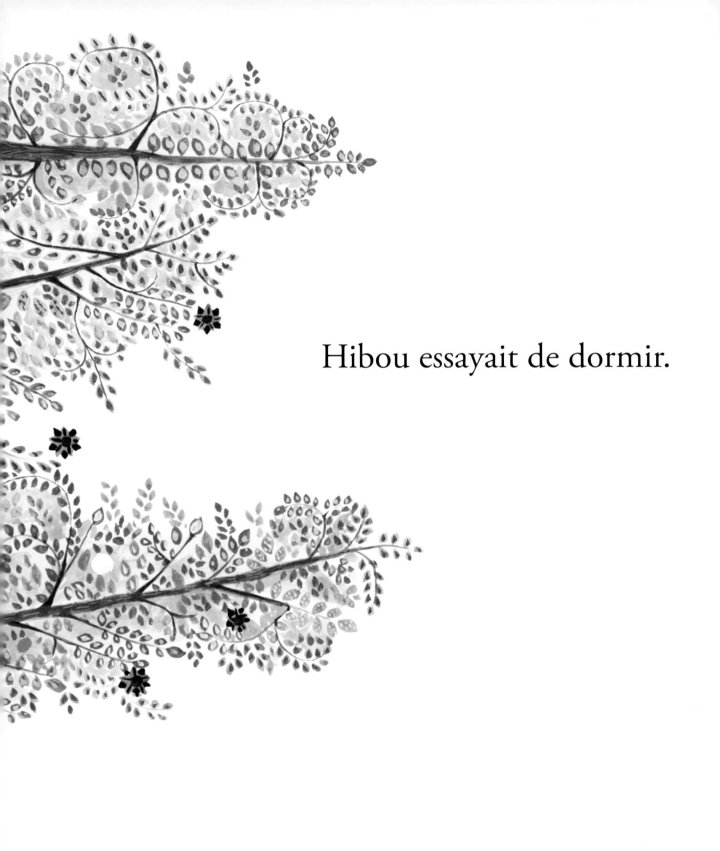

Hibou essayait de dormir.

Les abeilles
bourdonnaient,
« bzz, bzz »,
tandis que Hibou
essayait de dormir.

L'écureuil
croquait des noisettes,
« crunch, crunch »,
tandis que Hibou
essayait de dormir.

Les corbeaux
croassaient,
« croâ, croâ »,
tandis que Hibou
essayait de dormir.

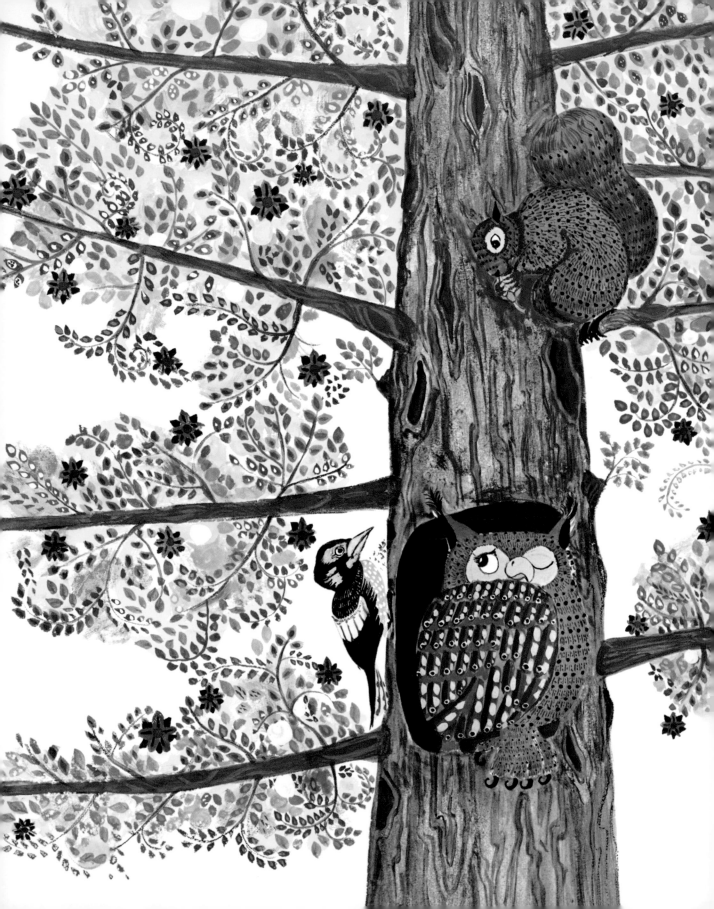

Le pivert donnait
des coups de bec,
« tac-tac-tac, tac-tac-tac »,
tandis que Hibou
essayait de dormir.

Les étourneaux
pépiaient,
« piou-piou, piou-piou »,
tandis que Hibou
essayait de dormir.

Les geais
cajactaient,
« skrêk, skrêk »,
tandis que Hibou
essayait de dormir.

Le coucou
coucoulait,
« coucou, coucou »,
tandis que Hibou
essayait de dormir.

Le rouge-gorge
chantait,
« cui-cui-cui, cui-cui-cui »,
tandis que Hibou
essayait de dormir.

Les moineaux
gazouillaient,
« tchip, tchip »,
tandis que Hibou
essayait de dormir.

Les colombes
roucoulaient,
« coucourou, coucourou »,
tandis que Hibou
essayait de dormir.

Les abeilles bourdonnaient,
« bzz, bzz ».
L'écureuil croquait des noisettes,
« crunch, crunch ».
Les corbeaux croassaient,
« croâ, croâ ».
Le pivert donnait des coups de bec,
« tac-tac-tac, tac-tac-tac ».
Les étourneaux pépiaient,
« piou-piou, piou-piou ».
Les geais cajactaient,
« skrêk, skrêk ».
Le coucou coucoulait,
« coucou, coucou ».
Le rouge-gorge chantait,
« cui-cui-cui, cui-cui-cui ».
Les moineaux gazouillaient,
« tchip, tchip ».
Les colombes roucoulaient,
« coucourou, coucourou »,
tandis que Hibou essayait de dormir.

Puis la nuit vint
et la lune se leva.
Et il n'y eut plus un seul bruit.

Alors Hibou hulula,
« hou-hou, hou-hou »,
et il réveilla tout le monde.